DISCOURS

PRONONCÉ POUR UNE PROFESSION

EN LA CHAPELLE DES RELIGIEUSES HOSPITALIÈRES

DE L'HOTEL-DIEU DE PARIS

Le Mercredi 10 Octobre 1900

PAR

M. l'abbé A. PETITDEMANGE

Premier Vicaire de Saint-Germain l'Auxerrois.

PARIS

J. MERSCH, IMPRIMEUR

4bis, AVENUE DE CHATILLON, 4bis

Affectueux Hommage
A. Petitdemange

DISCOURS

PRONONCÉ POUR UNE PROFESSION

EN LA CHAPELLE DES RELIGIEUSES HOSPITALIÈRES

DE L'HOTEL-DIEU DE PARIS

Le Mercredi 10 Octobre 1900

PAR

M. l'abbé A. PETITDEMANGE

Premier Vicaire de Saint-Germain l'Auxerrois.

PARIS

J. MERSCH, IMPRIMEUR

4bis, AVENUE DE CHATILLON, 4bis

Le Mercredi 10 Octobre 1900, en la chapelle des Religieuses Hospitalières de l'Hôtel-Dieu de Paris, ont fait profession :

Demoiselle Julie MORLOT, dite en religion Sœur Saint-Éloi,

Demoiselle Antoinette DEVILLERS, dite en religion Sœur Saint-Denis,

Demoiselle Émilie GRAFF, dite en religion Sœur du Sacré-Cœur de Jésus,

Demoiselle Jeanne FONTAINE, dite en religion Sœur Marguerite-Marie.

La messe solennelle a été célébrée par M. le chanoine DE L'ESCAILLE, doyen du Chapitre de Notre-Dame.

M. l'abbé BUREAU, vicaire général, archidiacre de Notre-Dame, supérieur de la Communauté, présidait la cérémonie et a reçu les vœux des Novices.

Sequuntur Agnum quocumque ierit.
Les Vierges suivent l'Agneau partout où il va.
(Apoc., XIV, 4.)

Mes Révérendes Mères,
Mes bien chers Frères,

Après le titre de prêtre de Jésus-Christ, il n'en est point de plus beau sur la terre que celui de vierge chrétienne. S'il n'attire pas les hommages d'un monde frivole, il prépare d'immortels honneurs, il donne droit à de glorieux privilèges dans le royaume des cieux. Lorsque l'Église veut honorer la plus sainte de toutes les créatures, la Mère du Verbe incarné, quel titre lui donne-t-elle? Elle l'appelle la Vierge par excellence, la sainte Vierge, et, dans ce seul mot, elle résume tout l'éloge qu'elle peut en faire. C'est Marie, en effet, qui conduit la troupe innocente des vierges, *adducentur virgines post eam,* qui l'entraîne dans les sentiers de la vertu et du dévouement, qui la guide ici-bas par ses exemples pour l'introduire ensuite dans le séjour de l'éternelle félicité. *Afferentur in lætitia et exultatione* (1).

1. Ps. XLIV, 15 et 16.

C'est Elle, mes chères Sœurs, qui bientôt va vous présenter à son divin Fils, vous offrir à Lui en qualité de ses imitatrices et de ses filles d'adoption. Les Religieuses Hospitalières de l'Hôtel-Dieu ne sont-elles pas, depuis plus de six siècles, les *Filles du Chapitre de Notre-Dame*? Leur congrégation n'a-t-elle point toujours vécu à l'ombre de cette vieille et glorieuse basilique que nos ancêtres ont élevée à la gloire de la Mère de Dieu? Ne fait-elle point profession d'honorer Marie journellement par la belle dévotion du Rosaire? Oui, si, à juste titre, vous revendiquez saint Augustin pour votre père, vous avez Marie pour Mère, vous êtes les filles de la très sainte Vierge!

Vaillante et forte, debout malgré sa douleur et ses larmes, Marie se tenait au Calvaire quand son divin Fils, cloué à la croix, s'immolait pour le salut du monde, *stabat Mater dolorosa, juxta crucem lacrymosa.* Il me semble qu'à cette heure solennelle entre toutes, elle se tient près de cet autel où son Jésus vient de renouveler l'oblation de son sacrifice, non plus pour compatir à ses souffrances, mais pour partager les joies de son divin Cœur, non plus pour mêler ses larmes au sang qu'Il répand pour nous, mais pour parer quelques âmes d'élite des bienfaits de la rédemption, non plus enfin pour contempler sur sa tête adorée une couronne d'épines cruelles, mais pour Lui offrir une blanche couronne, tressée avec quatre lys bien purs.

Marie est là pour vous donner à Jésus pour épouses. Elle-même vous invite à suivre l'Agneau divin, à partager sa croix et son sacrifice pour participer un jour à sa béatitude et à sa gloire. *Sequuntur Agnum quocumque ierit* (1).

I. — L'autel est un Calvaire où vous allez vous immoler généreusement par la profession; les clous qui, désormais, vous retiendront à la croix s'appellent : *la pauvreté, la chasteté et l'obéissance.*

II. — L'hôpital est un nouveau Calvaire où vous allez être fixées à jamais par un vœu plus héroïque encore : le vœu *de servir les pauvres malades tous les jours de votre vie.*

Telles sont les pensées qui vont nous guider dans ce discours. Daigne la très sainte Vierge Marie bénir ma parole et lui donner la force et l'onction nécessaires pour sanctifier vos chères âmes!

I

Avant Jésus-Christ, la vérité n'existait plus sur la terre. Les traditions primitives s'étaient presque entièrement effacées de l'esprit et du cœur des hommes. Les nations étaient plongées dans les ténèbres et assises à l'ombre de la mort. De même, la charité avait depuis longtemps fait naufrage au sein de la Gentilité. L'égoïsme était le principe, la règle et la mesure des âmes. Chacun n'aimait que soi, ne pensait qu'à soi. Dans la société, à Rome par exemple, à part quelques citoyens qui se partageaient la fortune, il n'y avait, à vraiment parler, que des

1. Apoc., XIV, 4.

esclaves sur qui leurs maîtres impitoyables avaient droit de vie et de mort.

On se donnait rendez-vous au Colisée pour assister à d'inhumains spectacles. Les dames romaines trouvaient un secret plaisir à voir les gladiateurs s'entr'égorger; elles battaient des mains quand le coup avait été adroitement porté et que le sang coulait à flots des blessures. Ces mêmes païennes éprouvaient un enivrement indicible quand les lions et les léopards s'élançaient dans l'arène sur les disciples du Christ, lorsqu'à coups de dents, les fauves déchiraient ces enfants, ces vieillards, ces vierges de quinze ans, ces pauvres mères qui confessaient leur foi. Et quand ces saintes victimes tombaient sur le sable, tout ensanglantées et sans vie, c'étaient de féroces cris de joie et de frénétiques applaudissements.

Voilà ce qu'était l'amour du prochain dans l'âme des patriciennes de Rome! Comment Notre-Seigneur Jésus-Christ a-t-Il transformé le cœur de la femme? Comment y a-t-Il implanté la céleste charité? Voici. Verbe de Dieu incarné, Il prend sur Lui toutes les misères et toutes les douleurs de l'humanité; dans la force de l'âge, Il monte sur un gibet et Il y meurt! Mais, au pied de cette croix où Il expire, il y a trois femmes : sa sainte Mère, Marie-Madeleine et Marie, mère de Jacques. Dès lors, tout change dans le monde : la femme devient le foyer toujours ardent de la charité et de la miséricorde!

Désormais, sur tous les Calvaires humains, vous rencontrerez la femme, la jeune fille, la vierge chrétienne. Au pied de toutes les croix où sont cloués les enfants des hommes : croix de la pauvreté, de la maladie, de la souffrance, de la honte même, vous trouverez les apôtres féminins de la charité; vous trouverez une femme, une sœur, une mère pour les consoler, pour panser leurs plaies et adoucir leurs souffrances.

Vous trouvez la femme chrétienne dans les hôpitaux, soignant, avec une angélique patience, les plus repoussantes maladies; dans les asiles de vieillards, se dépensant avec un dévouement tout à la fois maternel et filial; dans la mansarde du pauvre, dans les prisons, partout où il y a des larmes à sécher, une misère à secourir, une douleur à apaiser. Vous trouvez la femme chrétienne sur tous les Calvaires, se sacrifiant sans compter, s'oubliant elle-même, mettant au service de l'adversité tous les trésors de son intelligence et les exquises délicatesses de son cœur, servant Jésus-Christ dans les pauvres, dans les malades, dans les affligés et les déshérités de la terre. N'est-elle pas vraiment, dans le monde, le foyer toujours ardent de la charité?

C'est sur l'un de ces *Calvaires* où la souffrance cloue l'humanité, que le divin Maître, mes Sœurs, vous invite à monter. Après avoir fait retentir à l'oreille de votre cœur ce délicieux appel : *Venez, suivez-moi : Veni, sequere me* (1), Il s'offre à vous comme le modèle de votre immolation. Contemplez-Le et agissez selon l'exemplaire divin qui vous est offert sur la montagne sainte. *Inspice, et fac secundum exemplar quod tibi in monte monstratum est* (2). Afin de réparer la gloire de Dieu son Père, Il se dépouille

1. Matth., XIX, 21.
2. Exod., XXV, 40.

de toutes choses, Il s'immole généreusement et s'anéantit pour Lui plaire.

Fidèle à suivre ses exemples, l'âme religieuse doit se dépouiller de tout ce qu'elle possède par le *vœu de pauvreté,* s'immoler comme une hostie vivante par le *vœu de chasteté,* s'anéantir enfin par le *vœu d'obéissance.*

Créateur de l'univers, maître de toutes les richesses, Notre-Seigneur Jésus-Christ se dépouille pour nous de l'éclat de sa divinité ; Il échange les splendeurs de l'éternel séjour pour l'obscurité d'une étable ; Il rejette le manteau de sa gloire pour se couvrir des langes de la pauvreté ; Il naît dans une étable ; Il vit dans l'indigence ; Il meurt dans le dénuement le plus absolu !

Servantes et épouses de Celui qui a dit : *Bienheureux les pauvres,* vous devez non seulement embrasser la pauvreté d'esprit, qui n'est que le simple détachement, mais encore pratiquer la pauvreté effective qui est le dépouillement de toutes choses. Vous devez renoncer à la libre disposition de tout ce qui vous appartient et, tandis que l'ardente soif de l'or dévore presque tous les hommes, n'avoir plus qu'un désir au monde : vous dépouiller, une seule ambition : ne rien posséder que *Jésus !*

Il a, par amour pour vos âmes, déposé les marques de sa grandeur suprême. Aux jours de sa vie mortelle, Il cachait sa nature divine sous le manteau de sa nature humaine. Dans son Eucharistie, Il voile tout ensemble sa divinité et son humanité. C'en est assez pour que vous renonciez désormais aux vains titres de la terre ; pour que vous déposiez le nom même que vous avez reçu en naissant; pour que, rejetant les ornements fastueux du monde, vous vous couvriez d'un vêtement de deuil et de sombres voiles.

Mais votre dépouillement, mes Sœurs, doit aller plus loin encore. C'est, vous le savez, par le cœur que l'on s'attache, que l'on s'enrichit, que l'on possède, et c'est aussi par le cœur qu'on se dépouille, que l'on se détache, que l'on devient pauvre : *Beati pauperes spiritu* (1). *Bienheureux les pauvres en esprit, les pauvres par le cœur, les dépouillés, car le Ciel est à eux!* Dans cette béatitude, le divin Maître ne fait point seulement allusion aux biens terrestres, à ces richesses périssables qui ne sont, après tout, que cendre et poussiere. Il a en vue des biens plus nobles et plus enviables, *les richesses du cœur, les trésors de l'affection!*

C'est ce sacrifice que Notre-Seigneur demandait à sa servante, la bienheureuse Marguerite-Marie, durant son noviciat. Elle avait une affection particulière dont elle n'avait pu se détacher depuis plusieurs mois et qui mettait un grand obstacle aux grâces que le divin Époux voulait lui faire. Il l'en reprit plusieurs fois sans qu'elle s'en corrigeât. Un jour, à l'oraison, Il lui fit ces reproches : *Je ne veux point de cœur partagé; si tu ne te retires pas des créatures, je me retirerai de toi!* Et elle, sensiblement touchée par ces remontrances : « Seigneur, je vous en prie, dit-elle, ne me donnez de pouvoir que pour Vous aimer. Vous seul! » (2).

1. Matth., v, 3.
2. *Vie de la Bienheureuse,* par ses contemporaines, t. I, p. 62 et 63.

Si pénible qu'il soit pour la nature, Notre-Seigneur demande de vous un renoncement semblable. Certes, cette immolation du cœur ne se fait pas sans gémissement et sans plainte !

« Quoi donc, Seigneur, pour vous posséder, faut-il sacrifier ces douces affections de famille, ces réconfortantes amitiés, ces meilleures richesses de notre âme ? Renoncer pour vous à ce qui est la joie, la lumière, la force et la consolation de notre vie ? Faut-il que notre cœur, déjà meurtri, sevré des biens extérieurs, renonce encore à ces richesses intimes, si douces pour nous ? Seigneur, éloignez de moi ce calice ! Ce vide me fait peur ! »

Et le Sauveur vous répond du fond de son tabernacle : *Je ne suis pas venu apporter la paix, mais le glaive ! Je suis venu séparer le fils de son père, la fille de sa mère...* (1) *Si quelqu'un vient à moi et ne hait point son père, sa mère, son épouse, ses frères et ses sœurs,... il ne peut être mon disciple !* (2) *Qui aime quelque chose plus que moi n'est pas digne de moi !* (3).

« Mais, Seigneur, comment pouvez-Vous exiger de nous ce pénible sacrifice, Vous qui avez été aimé comme personne ne l'a jamais été ; Vous dont le Cœur si tendre et si délicat a été, plus qu'aucun autre, sensible aux douceurs de l'affection ; Vous qui attachiez tant de prix à l'amour de votre très sainte Mère, à l'affectueux dévouement de Joseph, à l'amitié de Jean et de Lazare, aux délicates

1. Matth., x, 34, 35.
2. Luc, xiv, 26.
3. Matth., x, 37.

attentions que Marthe et Madeleine ava ent pour votre personne sacrée? Comment pouvez-Vous, Maître divin, nous demander le sacrifice de ces affections, Vous qui en avez goûté toutes les joies et toutes les douceurs? »

Ames chrétiennes, vous entendez la réponse du Sauveur : « Pour vous, j'ai tout donné; je me suis dépouillé entièrement; j'ai pratiqué le dénuement le plus complet. J'ai fermé les yeux à saint Joseph; j'ai sacrifié, à l'heure de ma Passion, ma douce et aimable Mère; j'ai quitté le disciple que j'aimais; je me suis séparé de Lazare et de ses sœurs. Rempli d'amour pour mon Père, j'ai, à l'heure de mon agonie, ressenti toutes les rigueurs de sa justice, connu et éprouvé toutes les amertumes de l'abandon, les angoisses du délaissement. Pour vous, j'ai vécu et je suis mort pauvre; soyez pauvre pour l'amour de moi! »

Oui, Seigneur, c'en est fait! Nous voulons répondre au désir de votre Cœur sacré! Vous aurez désormais la première place dans nos affections! S'il y a, dans notre cœur, une seule fibre qui ne soit pas toute détrempée de votre amour, nous voulons l'arracher sur l'heure avec générosité! Aimable Jésus, nous sommes décidées maintenant à Vous aimer par-dessus toutes choses! Aux autres, nos soins, notre zèle, nos attentions; à Vous, notre cœur! Après avoir renoncé à tous les biens créés, nous voulons nous quitter nous-mêmes, nous désapproprier de nous, nous perdre tout en Vous, arriver à ne plus penser qu'à Vous, à ne plus agir que pour Vous. Soyez bénie, ô sainte *Pauvreté*, qui devez faire de Jésus notre unique trésor et notre véritable richesse!!

Non content de se dépouiller de tout, le Verbe divin s'immole encore lui-même pour accomplir la volonté de son Père : « *Les holocaustes qu'on vous offre dans le Temple ne vous ont point agréé,* lui dit-il, *mais vous m'avez donné un corps ; me voici* (1). Je veux être votre victime pour apaiser votre justice et pour réparer votre gloire. »

Et Il sacrifie sa chair innocente! Il vit dans les privations et les labeurs ; Il expire sur une croix dans les tourments les plus cruels! A la vue de son Sauveur crucifié, quels seront les sentiments d'une âme religieuse? « Ah! Maître bien-aimé, s'écriera-t-elle, Vous Vous êtes immolé pour mon salut, je veux me sacrifier tout à Vous! *Hostia pro Hostia,* hostie pour hostie! Les fouets ont déchiré votre chair adorable; voici mon corps, je Vous le consacre par le vœu de *chasteté!* Les clous transpercent vos mains; voici mes mains, désormais elles ne se joindront plus que pour la prière et ne s'ouvriront plus que pour l'exercice de la charité! Les épines labourent votre front sacré, transpercent vos paupières; vos yeux sont à demi-fermés et injectés de sang; mes yeux, désormais fermés aux spectacles du monde, ne contempleront plus que le ciel! Votre bouche a été abreuvée de fiel et de vinaigre; ma bouche ne parlera plus qu'à Vous, ô mon Jésus, ou de Vous seul. Vos membres sont fixés à un gibet! Voici mes membres, je veux les immoler par la pénitence, y imprimer les stigmates de votre Passion; je veux être attachée à

1. Hébr., x, 6.

la croix avec Vous, la croix est le lit nuptial, que Vous réservez à vos épouses, *Christo confixus sum cruci* (1), je veux m'y consumer lentement, y mourir à toute heure, y être comme une hostie vivante et perpétuelle, *hostiam viventem* (2). Pour moi, Sauveur adoré, Vous avez livré votre chair pure et virginale, je veux être victime avec Vous pour la gloire de Dieu et pour le salut des âmes! »

Le sacrifice va plus loin encore! La pauvreté a dépouillé la victime; la chasteté l'a immolée; il faut qu'elle soit anéantie. Ne doit-elle point suivre jusqu'au bout l'Agneau sans tache? Or, saint Paul, parlant de l'obéissance de Jésus-Christ, dit qu'Il s'est anéanti, prenant la forme de serviteur. *Semetipsum exinanivit, formam servi accipiens* (3). Pour ressembler à son divin Époux, la vierge chrétienne se fait l'esclave de Dieu et la servante des pauvres. Elle renonce à sa liberté qu'elle tient enchaînée et captive dans l'étroit espace d'un hôpital. Elle renonce à son jugement et à sa volonté qu'elle réduit en servitude, qu'elle met, par un vœu formel, sous le joug de l'*obéissance la plus aveugle.*

Maintenant, ô divin Conquérant des âmes, Vous pouvez entrer dans cette place qu'a réduite votre amour! Quand un général, après un long siège, s'empare d'une ville importante; quand celle-ci, presque démantelée, battue en brèches de toutes parts, pressée par la famine, s'est enfin

1. Gal., II, 19.
2. Rom., XII, 1.
3. Philipp., II, 7.

rendue et que le vainqueur pénètre dans ses murs, c'est à travers des ruines qu'il s'avance, au milieu des palais renversés et des temples à moitié détruits; il règne, pour ainsi dire, sur des monceaux de décombres!

Ainsi en est-il, mes Sœurs, de votre divin Époux. C'est un conquérant qui veut régner sur des ruines : ruines de votre volonté propre, de vos désirs, de vos sentiments, de vos inclinations personnelles. Il veut que vous n'agissiez plus de votre propre mouvement; que vous réprimiez toute activité naturelle; que vous vous laissiez guider en tout par l'obéissance; que vous obéissiez promptement, joyeusement et généreusement; que, suivant la maxime en usage dans un grand Ordre, vous soyez *perinde ac cadaver*, comme ces cadavres à qui vous êtes appelées, par vocation, à rendre les derniers devoirs, comme un cadavre qui ne voit plus, qui n'entend plus, que rien n'impressionne, ni louanges, ni injures, qui se laisse porter où l'on veut, qui demeure où on le place jusqu'à temps qu'on vienne le chercher pour le porter ailleurs!

Voilà l'âme obéissante, pleinement soumise à la volonté divine, à sa règle, aux ordres de ses supérieurs! Voilà l'âme où le Sauveur habite, où Il vit, où Il domine, où Il agit, où Il triomphe!

Et quand Dieu trouve de ces âmes souples et dociles, Il en fait les instruments de sa grâce, les ministres de sa miséricorde; Il s'en sert pour répandre sa lumière, pour étendre son règne, pour manifester sa bonté et son amour, pour établir son empire sur les cœurs! *Vir obediens lo-*

quetur victorias. L'âme obéissante chantera des victoires (1).

II

C'est sur un champ de bataille que se remportent les victoires. Quel sera désormais le vôtre, mes Sœurs? — L'hôpital. — C'est là où un *vœu héroïque* va vous enchaîner jusqu'à la fin de votre vie, où vous allez vous dépenser sans compter, lutter, souffrir, vous sacrifier. C'est sur le Golgotha que votre divin Époux a livré ses luttes dernières contre l'ennemi de nos âmes et remporté la suprême victoire qui a sauvé le monde. C'est sur un nouveau Calvaire que vous êtes appelées à monter vous-mêmes. *Que les salles d'hôpital,* est-il écrit dans vos constitutions, *vous soient un calvaire pour y adorer et imiter les peines, les douleurs et l'agonie d'un Jésus-Christ mourant pour l'amour de vous en l'arbre de la croix. Animez-vous par ces considérations à supporter patiemment les peines et les contradictions qui se rencontrent dans le service des malades et à rendre vos actions plus méritoires et conformes à celles de Jésus-Christ* (2).

Ces paroles si sages et profondes résument, pour ainsi parler, la vie de la religieuse hospitalière. — Elle doit *voir Jésus dans les malades.* Elle doit *être Jésus pour les malades!*

Voir Jésus dans les malades! Un soir, saint Jean de

1. Prov., xxi, 28.
2. *Esprit des Constitutions,* p. 118 et 119.

Dieu, est-il raconté dans sa vie, avait, comme le bon Samaritain, transporté sur ses épaules un homme tout couvert de plaies qu'il avait trouvé sur sa route. Arrivé à l'hôpital, il se dispose, selon son habitude, à lui laver et à lui baiser les pieds.

Il se penche, et voici que, soudain, il aperçoit à chaque pied les divins stigmates d'où s'échappent des rayons de lumière. Il lève les yeux pour considérer le pauvre, et, voyant son visage empreint de majesté, il reconnaît son Sauveur : « Jean, mon fidèle serviteur, lui dit le divin Maître avec bonté, ne crains rien. Je te visite pour te témoigner ma satisfaction du soin que tu prends des pauvres. Tout le bien que tu leur fais en mon nom, c'est à moi-même que tu le fais. C'est moi qui tends la main pour recevoir tes aumônes. Je suis revêtu des haillons dont tu couvres les indigents. C'est à moi que tu laves les pieds, c'est moi dont tu panses les plaies quand tu rends ce service aux pauvres malades. Je compte tous tes pas, toutes tes démarches. Je t'en récompenserai dans le ciel par une éclatante couronne. » Et le Sauveur disparaît (1).

Mes Sœurs, soignez vos malades avec cet esprit de foi. Quand vous parcourrez ces salles où la souffrance cloue l'humanité, arrêtez-vous devant chaque lit et dites-vous : « Jésus crucifié est là ! » — Cette main, broyée dans un accident de travail et que vous pansez avec délicatesse, c'est la main de Jésus percé d'un clou cruel. Ce pied endo-

1. *Vie populaire de saint Jean de Dieu*, par le P. F.-M. Magnin, p. 81 et 82.

lori et sans mouvement, c'est le pied du Sauveur fixé au gibet. Ce front ridé par la souffrance, où perle la sueur que vous essuyez avec un soin maternel, c'est le front de Jésus couronné d'épines. Cette poitrine que sillonne une plaie béante, c'est celle du divin Crucifié qu'a déchirée la lance. Cette voix qui retentit dans le silence de la nuit et qui crie : « J'ai soif », c'est l'appel de Jésus mourant. Ah! donnez, donnez un verre d'eau au malheureux qui gémit, et, en même temps, donnez votre âme et votre cœur à Jésus!

L'hôpital est un nouveau Calvaire où vous trouvez Jésus souffrant, et c'est aussi un champ de bataille, ai-je dit, un champ d'honneur où peut-être vous tomberez un jour! Au lys de votre pureté virginale vous ajouterez alors la palme glorieuse du martyre! Mes Sœurs, êtes-vous disposées à faire généreusement le sacrifice de votre vie? — Oui, n'est-ce pas? pour l'amour de Jésus-Christ et des pauvres! — A la fin du siège de Paris, il y avait, entassés dans les hôpitaux, un grand nombre de blessés et de pauvres soldats atteints par la variole. Dans un seul hôpital, onze religieuses qui les soignaient avaient été, en quelques jours, emportées par le funeste fléau. En apprenant cette pénible nouvelle, la Supérieure, à la maison-mère, réunit la communauté. Elle fait en quelques mots l'éloge des Sœurs défuntes : « Elles sont tombées, dit-elle, face à l'ennemi, à un poste d'honneur; leur sort est enviable! Mais il y a des vides à combler... Quelles sont celles qui veulent aller remplacer les Sœurs défuntes? » Et, dans l'assemblée, trente-deux mains se lèvent : « Moi, moi, ma Mère, prenez-moi !! » Et il fallut tirer au sort les onze privilégiées qui allèrent exposer leur vie auprès des varioleux !

Il me semble, mes Sœurs, que votre divin Époux vous adresse une question semblable : « Quelles sont celles qui veulent s'exposer pour leurs frères ? Quelles sont celles qui voudraient sacrifier leur vie en temps de contagion ? »

Ah ! n'est-il point vrai ? mes Sœurs, votre cœur tressaille et ces paroles vont jaillir de vos lèvres : « Moi, Seigneur, prenez-moi ! Oui, vienne une épidémie, avec la grâce de Dieu, nous ferons notre devoir ! Nous irons nous asseoir au chevet des varioleux ou des pestiférés ; nous les soignerons de nos mains ; nous respirerons sans crainte l'air empoisonné de leur chambre ; nous resterons là sur la brèche et, heureuses de sacrifier notre vie, nous tomberons, s'il le faut, au champ d'honneur ! »

Vous n'y tomberez pas seules, mes Sœurs ! A côté de vous, il y a des frères d'armes, il y a ces vaillants médecins que je suis heureux et fier de saluer en ce moment ! Honneur à ce corps médical dont le dévouement n'a d'égale que la science ! Gloire à ceux dont la longue carrière a été marquée par d'éminents labeurs et par une abnégation infatigable ! Gloire aux jeunes qui, nobles victimes du devoir, sont frappés au printemps de la vie et, emportés par la contagion, meurent héroïquement en voulant sauver leurs semblables ! Honneur à tous, ils ont bien mérité de l'humanité et de la Patrie ! Plaise à Dieu que, tombant sous le même drapeau que vous, mes Sœurs, le drapeau de la divine charité, ils reçoivent au ciel la même palme et la même couronne ; que, partageant vos fatigues et vos dangers, ils aient part un jour à votre béatitude et à votre immortelle gloire !

Vous devez *voir Jésus dans vos malades* et vous devez *être Jésus pour eux !* Encore une fois, portez vos regards sur le Calvaire ! Pouvez-vous contempler les mains du Sauveur percées de clous et ensanglantées, sans penser de suite à sa charité, à sa mansuétude, à ses miséricordieuses bontés ! Ces mains si douces et si charitables, ces mains bénies, qui, au moment de la vie publique, ont semé partout, sous les pas du Sauveur, les bienfaits et les miracles, sont maintenant fixées à un gibet ; on les condamne, semble-t-il, à l'impuissance et à l'inaction ! Vous le croyez ainsi, détrompez-vous, mes Frères !

Ces mains sont clouées, oui, mais elles sont ouvertes ! Elles sont fixées au bois, mais elles demeurent étendues ! Elles paraissent impuissantes, mais le sang rédempteur, unique et véritable rosée de grâces, s'en échappe avec abondance !

Ces mains toujours ouvertes, sans cesse étendues, tout ensanglantées ne nous parlent-elles point éloquemment ? Ne sont-elles pas un admirable symbole ?

Mais, me direz-vous, le froid de la mort va bientôt les raidir et les paralyser ? Pourront-elles agir quand le corps inanimé du Sauveur, couvert d'un linceul, reposera sur la pierre glacée du tombeau ? Agiront-elles ces mains sacrées quand elles seront cachées et comme liées par les voiles eucharistiques ? Lorsqu'au sacrement de l'autel, elles demeureront dans un état d'immobilité et de mort ?

Oui, elles le pourront ! Oui, elles agiront ! Elles béniront, elles guériront, elles sauveront jusqu'à la fin des siècles !

Le corps mortel du Sauveur, désormais glorieux et impassible, reste dans les cieux ; son corps eucharistique demeure prisonnier dans le tabernacle, mais n'oubliez pas son corps mystique, la sainte Église !

Le Seigneur *agira* par les membres de son corps mystique !

Aux premiers siècles de l'Église, par les mains de ses apôtres, Il bénit, Il baptise, Il absout ; Il guérit les malades, apaise la souffrance et ressuscite les morts ; par les mains des diacres et des diaconesses, Il soulage les pauvres, protège les veuves, défend les orphelins. Dans la suite des siècles, par les mains d'un *saint Denys,* Il plante sa croix au cœur de notre antique Lutèce ! par celles d'un *saint Éloi,* Il façonne des châsses pour ses saints et des élus pour son ciel ; par les mains d'un *saint Landry,* Il fonde l'Hôtel-Dieu qui, depuis l'an 660, sert d'abri à toutes les douleurs ; par les mains de ses serviteurs et de ses servantes, Il accueille les malheureux, les faibles, les déshérités de ce monde ; Il offre un refuge à toutes les misères et à toutes les infortunes !

Ouvrez l'histoire de l'Église ; presque à chaque page, vous retrouvez les traces bénies des mains du Sauveur ! Aux incrédules de tous les temps, Jésus pourrait dire comme à l'apôtre saint Thomas : *Mettez ici votre doigt et voyez mes mains. Infer digitum tuum huc, et vide manus meas. Vois mes mains* (1) !

1. Joan., XX, 27.

Contemplez-en les traces bénies au déclin de notre XIXe siècle !

C'est la main de Jésus qui ouvre les écoles où l'enfance est élevée dans l'amour de Dieu, le respect de la famille et la pratique de la vertu ; c'est elle qui construit ces patronages où l'adolescence trouve un rempart assuré pour sa foi et pour sa pureté ; c'est elle qui élève ces hôpitaux, ces maisons de Dieu où le malade reçoit, avec les soins matériels, les remèdes spirituels et les consolations de l'âme ; ces asiles où la vieillesse s'endort entre les bras de l'Église, pour se réveiller dans les cieux ; c'est elle qui bénit et absout par les prêtres ; soigne et guérit par les religieuses hospitalières ; elle qui sèche toutes les larmes et console toutes les misères par les apôtres de la charité. Vous êtes appelées, mes Sœurs, à remplir cet apostolat ! Laissez-moi saluer en vous Jésus-Christ qui passe en faisant le bien ! *Pertransiit benefaciendo* (1) !

Quand, traversant vos salles, vous visitez vos malades, c'est Jésus-Christ qui s'asseoit à leur chevet ; quand vous lui apportez quelque aliment, c'est Jésus qui les nourrit ; quand vous leur donnez du linge et des vêtements, c'est Jésus qui revêt ses membres souffrants ; quand vous vous penchez sur leurs couches, c'est Jésus qui les regarde, qui les console et qui leur sourit ! Admirable économie du plan divin ! Beauté de notre religion sainte ! C'est le Christ qui est tout en tous, *Christus omnia in omnibus* (2) ! Il est dans les malheureux soulagés et dans celles qui les sou-

1. Act., x, 38.
2. Coloss., III, 11.

lagent, dans les membres souffrants et dans les membres charitables. C'est Lui qui donne et c'est Lui qui reçoit ; Lui qui visite et qui est visité ; c'est Lui qui souffre et c'est Lui qui console ; c'est Lui qui est tout à la fois l'inspirateur, l'objet et la couronne de la charité !

Soyez fidèles, mes Sœurs, à votre belle et sublime vocation ! Puisez, dans les plaies de ces mains sacrées, un véritable amour du prochain, et, au jour des éternelles récompenses, ces mains du Sauveur, non plus retenues à la croix ou voilées dans son sacrement, mais resplendissantes de gloire et de lumière, se tendront vers vous et vous accueilleront dans les parvis célestes. Jésus-Christ vous dira alors : *Venez, mes épouses, venez, les bénies de mon Père ; ce que vous avez fait au plus petit d'entre mes frères, c'est à moi-même que vous l'avez fait... Recevez votre récompense ! Possédez le royaume qui vous a été préparé !* (1). Et ces mains divines déposeront sur votre front la couronne de gloire que Dieu réserve aux âmes charitables et compatissantes.

Je finis par un trait. Je ne veux point retarder plus longtemps votre légitime impatience.

Au soir de sa profession, la bienheureuse Marguerite-Marie écrivait, de son sang, la protestation suivante :

« Moi, chétif et misérable néant, je proteste que je me soumets et me sacrifie à mon Dieu en tout ce qu'Il demande

1. Matth., XXV, 34, 35, 40.

de moi ; j'immole mon cœur à l'accomplissement de son bon plaisir, sans réserve d'autre intérêt que sa plus grande gloire et son pur amour. Je Lui consacre mon être et tous mes moments.

« Je suis pour jamais à mon Bien-Aimé, son esclave, sa servante et sa créature, puisqu'Il est tout à moi et suis son indigne épouse.

« Signé : Marguerite-Marie, morte au monde. »

Et elle ajoutait ce post-scriptum qui en dit beaucoup : « Tout de Dieu et rien de moi ; tout pour Dieu et rien pour moi ; tout à Dieu et rien à moi (1) ! »

Ce sera la conclusion de ce discours. *Tout de Dieu et rien de moi !* Tout sous l'impulsion de sa grâce, sous la conduite de son esprit, sous l'empire de son amour ; tout comme venant de sa main paternelle, les épreuves comme les joies, les déplaisirs comme les satisfactions, les sécheresses comme les suavités spirituelles !

Tout pour Dieu et rien pour moi ! Pour Lui, tout ce que nous faisons, tout ce que nous aimons, tout ce que nous souffrons, toutes nos démarches, tous nos labeurs, tous les instants de notre vie, tous les battements de notre cœur !

Tout à Dieu et rien à moi ! A Lui notre être tout entier, notre âme et nos facultés, notre corps et nos sens, notre esprit, notre cœur, notre volonté, nos pensées, nos affec-

1. *Vie de la Bienheureuse*, par ses contemporaines, t. I, p. 71.

tions, nos actes, tous nos sentiments! Tout à Jésus notre Époux divin, caché, voilé, anéanti dans son sacrement d'amour; à Lui, par la fidèle observance de nos vœux; à Lui, malgré les fatigues et les sacrifices; à Lui, jusqu'à l'immolation totale, jusqu'au martyre, s'il le faut, pour être à Lui un jour dans les splendeurs des cieux, dans la félicité des noces éternelles!

Ainsi soit-il.

DIEU SOIT BÉNI!

Paris — J. Mersch, imp., 4bis, Av. de Châtillon.

www.ingramcontent.com/pod-product-compliance
Ingram Content Group UK Ltd.
Pitfield, Milton Keynes, MK11 3LW, UK
UKHW022151260726
13993UKWH00005B/2292